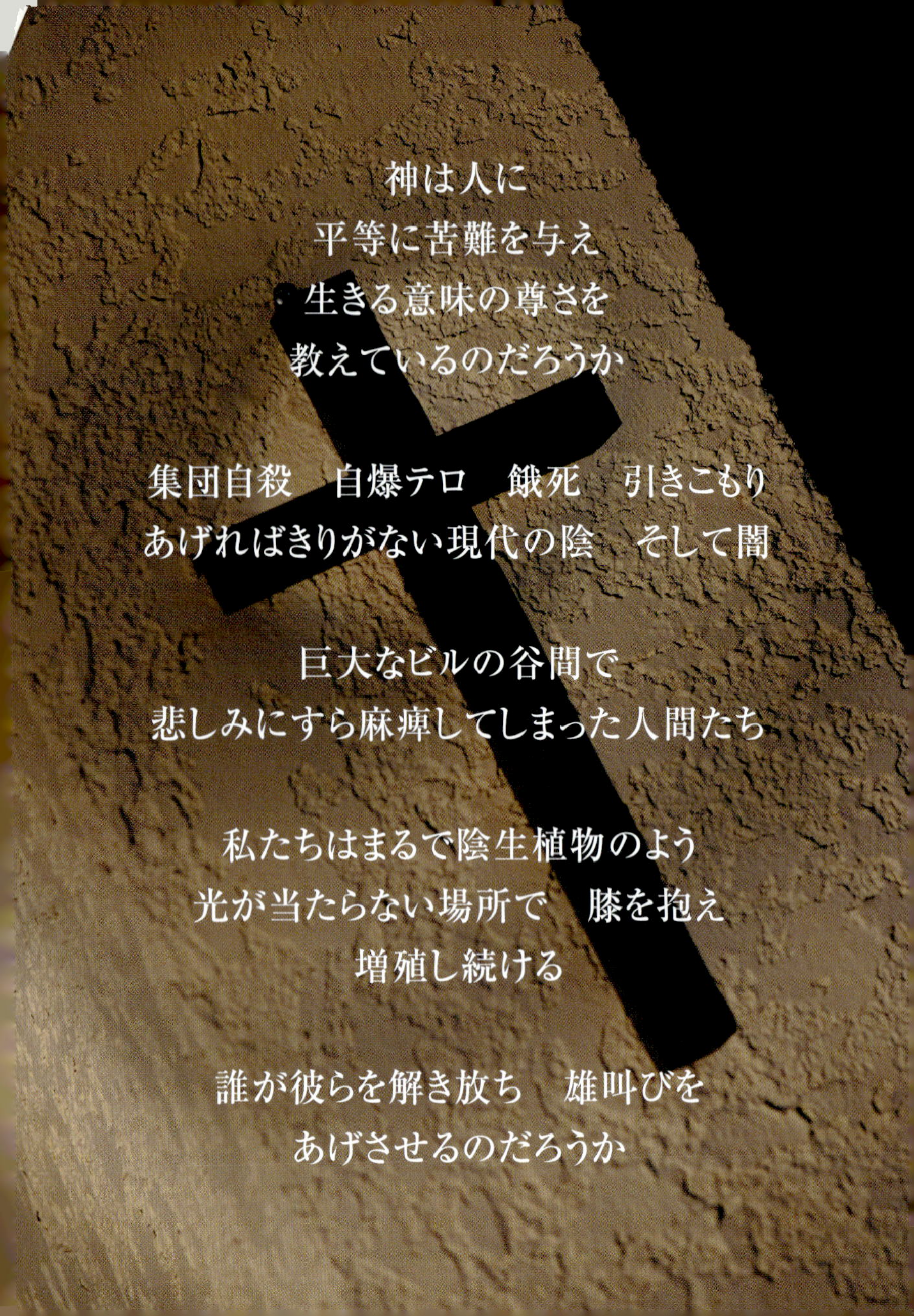

神は人に
平等に苦難を与え
生きる意味の尊さを
教えているのだろうか

集団自殺　自爆テロ　餓死　引きこもり
あげればきりがない現代の陰　そして闇

巨大なビルの谷間で
悲しみにすら麻痺してしまった人間たち

私たちはまるで陰生植物のよう
光が当たらない場所で　膝を抱え
増殖し続ける

誰が彼らを解き放ち　雄叫びを
あげさせるのだろうか

INDEX

一章

女が生まれた

私がこの世に生を受けた時、母（黒岩麻利子）は「女が生まれた」と思ったという。その言葉の意味を、私は生涯の中で少しずつ理解することになっていく。

映画やテレビドラマでは、我が子をその腕に抱いた母親たちは、愛おしくてたまらないというような、やわらかな表情をする。もちろん母にもそのような感情はあっただろう。しかし、大きな旅館の女将という立場であった母は、この先、幼い我が子を、ある意味おきざりにして仕事をせねばならないことがわかっていた。甘えさせたくても甘えさせることができない、「子ども」ではなくひとりの「女性」として生きさせなくてはならない、そのような思いが「女が生まれた」という言葉には込められていたのだと、大人となり、母と同じ女将となった今、思う。

母を求めて

母は、第一子である私を「女将」にしたかったわけではない。むしろ、胃が痛くなるほどのプレッシャーのかかる毎日に、娘にはこんな思いをさせたくなかっ

1章.

女が生まれた

幼少期

たという。母が仕事をしている間は、部屋に閉じ込められていた。いちばん幼い時の記憶は「ママに会いたい」と叫びながら泣いている自分の姿だ。母方の祖母が付き添って世話をしてくれていたが、毎日母を求めて泣いていた。

母も決してそんな状況が平気だったわけではない。冬はスキー客で賑わう万座。厳しい寒さの中、ストーブは欠かせないものだが、それが危険なものだと知らなかった三歳の私が、熱くなっている部分に手をのばした。ちょうどその時に母が帰って来たという。すんでのところで、私の手は母によって守られ、傷がつくことはなかった。しかし、幼い我が子が、自分が側《そば》にいないせいで大怪我をしたかもしれなかったというその可能性だけで、母の心の傷になるには十分だった。今でも、ことあるごとに「あなたの手がきれいなことをうれしく思う」と言うのだ。母は母で、子どもに不憫な思いをさせているという自責の念にかられ、苦しんでいたのだ。当時の私はそんな母の心を理解できるわけはなく、なぜ母に会えないのだろうか、私は母に嫌われているのだ、と思っていた。

母は女将として、お客様にはもちろん、スタッフたちにとっても母のような存在で、笑顔を絶やさず、優しい人だった。しかし、私のことは実の子として厳しく、しつけた。

孤独と恐怖

父（黒岩堅一）は年中無休の旅館の社長であり、フロアショーでお客様を楽しませる歌手でもあった。父と母はみんなのもの――自分の父母であるという実感はなかった。私はいつも愛を欲し、ひとりになる恐怖と闘っていた。これだけの人がいるのに、どうして私はひとりなのだろう、といつも考えていた。

どうにかして母に会いたい私は、「頭が痛い」「お腹が痛い」と嘘をついた。そう言えば母が来てくれるからだ。実際、私は夜になると決まって足の神経痛に悩まされていた。足が痛いと泣くと、母がお湯をもって来て、温めてくれた。心までじんわりと温まっていくようだった。今は、そのような痛みを感じることはないので、その時代、母恋しさゆえに本当に痛みを感じる体になっていたのだと思う。

私が三歳の時、弟が生まれた。やっと仲間ができたという思いとともに、すべての愛が弟に集中していくように思えて、私はさらに孤独を感じるようになった。弟のことを旅館の跡継ぎとして周囲の大人たちが大事にしていると感じ、その頃から私たちの世話係となってくれたお手伝いさんは、弟のことばかり見ているように感じた。もう自分の身の周りのことをできるようになっていた私より、生まれたばかりの弟に目がいくことは当然のことなのだが、そんなふうに考えることができないくらい、本当の私はまだまだ幼い子どもだったのだ。

弟はとても明るい性格で、どんどん人の懐に飛び込んでいける天性の才能があった。旅館のスタッフともすぐに馴染んで、かわいがられた。私は人見知りで、弟のようになれない自分がはがゆく感じることもあった。

私はよく、部屋でお菓子や料理を作っていた。そのお菓子や料理を、弟や同じ時期に生まれた従兄弟たちも、喜んで食べてくれることは密かな喜びだった。父母とは日々の食事さえもともにできなかったからだ。

私の関心は、常に「どうしたら母が自分のことを見てくれるか」だった。

五歳差でもう一人弟が生まれた。二人の弟たちは、やんちゃで、どうしても部屋を汚してしまう。「ママは仕事で疲れて帰ってくるから、片づけておけば、喜んでくれるだろう」と思った私は、いつも弟たちが散らかしたおもちゃなどを頑張って、片づけていた。すると、片づけられた状態が当たり前となった。

部屋が汚れていると叱られる、いい子にしていないと叱られる、という恐怖がいつもあった。「何かしておくと、ママが喜ぶ」という思いは、「何もしなければ、ママの愛は自分からなくなってしまう」という思いと紙一重だった。

母への憧れ

山の上の旅館なので、麓の小学校まで従兄弟たちと車を乗り合い、通っていた。大雪となれば、休校となり、弟たちや従兄弟たちは大喜びでスキーに繰り出すのだが、私は家の中で遊ぶ。私は、細かい作業が好きな子どもだった。絵を描いたり、折り紙や工作をしたりと、ひとり遊びが大好きだった。

しかし、いざ気心のしれた子どもたちと一緒にいるとなると、俄然張り切って仕切り出す面もあった。どこか旅館を切り盛りする母への憧れもあったのだと思う。引っ込み思案でなければ、もっといろんなことに挑戦できたと思うのだが、今となっては、引っ込み思案であったことは、旅館で裏方をつとめてくれるスタッフの気持ちを知るための大切な時期だったのかもしれない、と感じている。

一方で、旅館業という特殊で、ある意味閉鎖的な環境の中で、私はお金や食べるものに困ることはなかった。何かあれば旅館のスタッフがすぐ助けてくれた。だから、おそらく私たち姉弟は世間知らずで、高慢ちきな部分もあったのではないかと思う。

1章

女が生まれた

母と

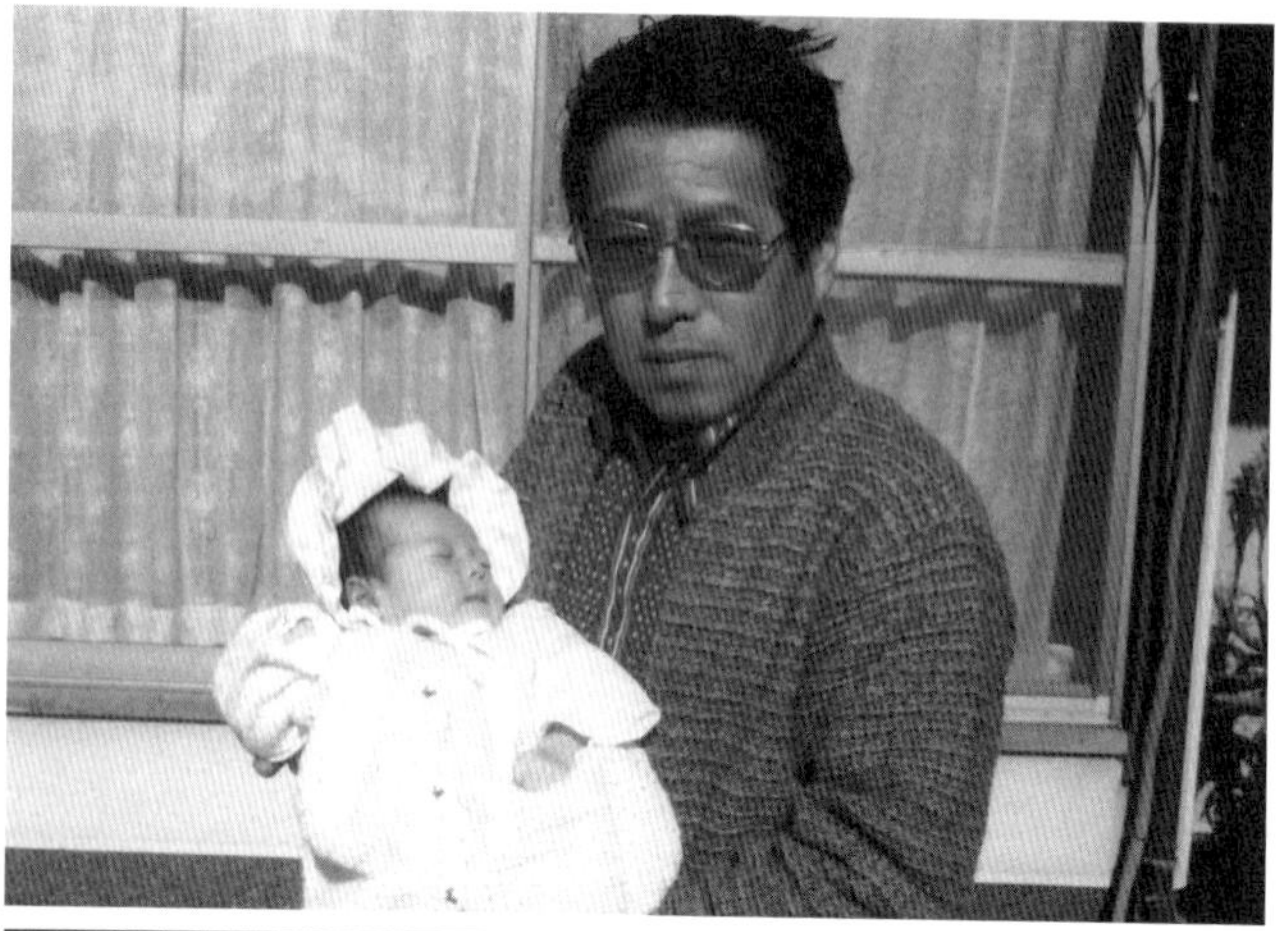

上、母方の祖父と。下、母方の祖母と

1章

女が生まれた

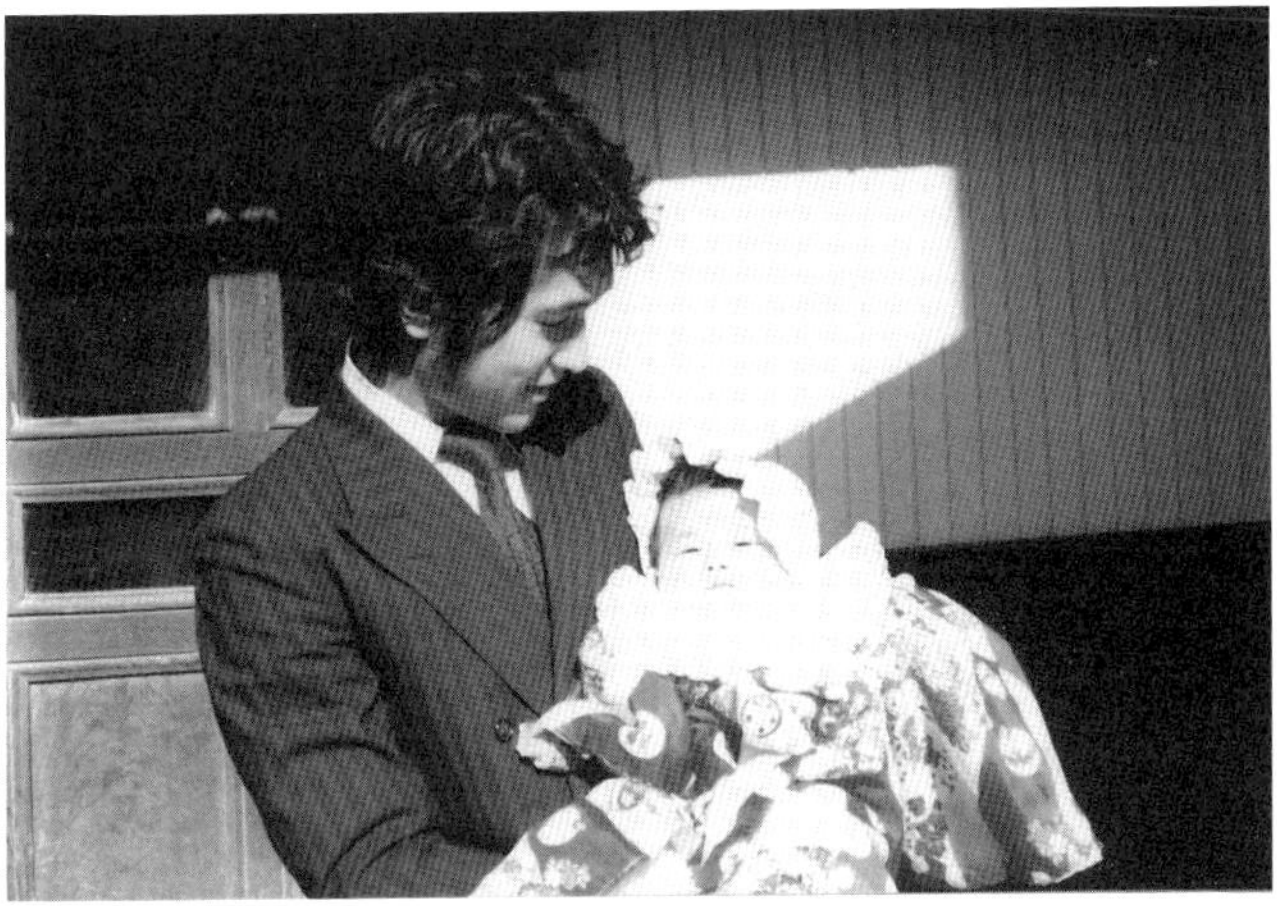

上、父と。下、家族で

二章

人生の羅針盤

私や弟たちは、両親の信仰を受け継いでクリスチャンとなった。それは私の人生のベースとなった。迷い出し、苦しんだ時も、神様に祈ることを知っていたのは幸いであった。

父の信仰

父は東京の大学に通っていた十九歳の時、難病・線維筋痛症になった。体全身を針で刺されるような激痛が襲ったという。この病気の症状はレベル1から10までであるが、父はいちばん高いレベル10だったという。しかも治療法はなく、地獄の苦しみの中、万策尽きて、もう痛みに耐えられないと自らの命を絶とうとまで思い詰めていた。その時に毎日聖書を読み、側《そば》で祈ってくれたのが、友人の大野克美さん（現、日進舘相談役）だった。父はクリスチャンであった大野さんが語ってくれた聖書の言葉が心にとまったという。

「あなたがたは、信じて祈り求めるものは何でも受けることになります」（マタイの福音書二一章二二節）

当時の父は、宗教にはまったく興味がなく、病を発症した時も、薬や医療の力ですぐに治るだろうと思っていた。しかし一向に良くはならなかった。

「神様ってよくわからないけれど、とにかく僕も祈ってみる」

父は大野さんと一緒に祈った。そして、医療ではどうしようもできなかった病が癒やされた。父のクリスチャンとしての人生は、そこから始まった。

その後、アルバイト先を探していた大野さんに実家の旅館のアルバイトを紹介したのがきっかけで、旅館で働いていた父の姉と大野さんが出会い、恋に落ち、結婚して旅館で働くようになった。父にとって魂の恩人である大野さんは、義理の兄となり、仕事のパートナーとなった。

万座を離れる

私たちは中学生になると、ミッションスクール（キリスト教主義の学校）へと進んだ。私が選んだのは、中学・高校一貫教育の共愛学園だった。それが母の願いだったからだ。母の喜ぶ姿を見たかった。

万座には教会がなかったので、旅館の一室をチャペルとし、伯父と父が、親族を集め、聖書の話をしてくれた。「してくれた」といっても、せっかく学校が休みである毎日曜日になぜこんな時間があるのだろう、と心の中では少々反発もし、与えられた聖書もその時間だけ開くもので、分厚さと難解さゆえに自分で読む気持ちにはならなかった。神様という存在を漠然と感じ、困ったときに助けてくれるのだろう、という程度の認識だった。

初めて経験する受験勉強は、苦しいものだった。いくら勉強しても、頭に入っていく感じがしない。このままでは受験に失敗してしまう。母は「勉強しなさい」「頑張りなさい」と言うけれど、その期待に応えられないと、私はすっかりふさぎ込んでしまった。その時に父が私に声をかけてくれた。

「まいみ、大丈夫。神様がこの学校に行くことを願っておられるなら、必ず受かるから。神様が道を整えてくださるから。神様にゆだねて祈りなさい」

私は、その言葉に心の荷がおりたような気がした。私には、父が安易になだめようだとか、慰めようだとか、そういう気持ちで言ったのではないとわかっていた。本気で神様を信じているから、神様は道を与えてくださるという確信のもとにそう言っているのだと思った。

その時に、それまでにさんざん聞いてきた「神様」とは、いったいどういう方なのだろうか、神様は私にどんな計画をもっておられるのだろうか、と神を知りたいという気持ちが生まれた。

その後、落ち着いて受験勉強もすることができ、無事合格することができた。キリスト教主義の学園らしく、寮生だけの礼拝の時間があった。私は、賛美歌が大好きだった。幼い頃からピアノを習っていたので、礼拝の中で奏楽（賛美の伴奏）をすることになった時はとても光栄に思い、うれしかった。牧師が語る聖書の話も、以前はまったく理解できなかったのに、点と点が線となってストンと心に落ちていく。礼拝の時間が楽しくて楽しくて仕方がなかった。

中学、高校と、ずっと学級委員をした。世話好き気質が出たのだと思う。文化祭などの行事ごとで、企画をしたり、みんなをまとめたりするのは好きなのだが、自分ひとりに注目が集まると途端に緊張で震えてしまう。明るく華のある家族と自分をいつも比べていたから、自分が人前に立つようなことがあると、私なんて、と思ってしまうのだ。家族のいない場所に来たはずなのに、幼い頃から染みついた思いは、まるで呪縛のようだった。

学校では、「聖書」という教科があり、試験もあり、五段階で評価もされた。キリスト教主義の学校といっても、クリスチャン家庭から来ている生徒は数人。私は、ふまじめながらも幼い頃から聖書の話を聞きながら育ってきたので、その教科には自信があった。教師の話す内容もよく理解できた。しかし、評価は「4」だった。あれほど自信があったのに、知識もあるはずなのに、と思った。この教科だけは「5」が取れないと意味がない。テストもクラスでトップだったのに、なぜ？

私は神様に向かって悪態をついた。

「私はこれだけ勉強して、授業もまじめに受けているし、教会にもちゃんと通っている。聖書も読んでいる。なのに、どうして『5』をくれないのですか？」

そんなことを思っていたある日、聖書科の教師がこんな話をしてくれた。

「すごく望んでいることがあったとしても、その人にとってそれが最善だと神様が思うことでなければ、断ち切られる。逆にその人が望まなくても、神様があなたにこの道を与えると言えば、そのとおりになる。神様は最善をなさる方。だからあなたの望みをすべて神様にゆだねなさい」

父が入試前に言ってくれたことと、教師の言葉が重なった。ああ、自分は自分の力だけで生きていると錯覚し、思いどおりにならないことに苛立っていた。この道を与えてくれたのは神様なのに……。

この中学時代の経験は、その後の人生で何度も私の高慢な心を打ち砕き、神様のところに引き戻す、大切な羅針盤のようになった。そして、中学二年生の時に、洗礼を受けた。

三章

学生時代

母の願いと自分の願い

「高校も同じ共愛学園で英語科に進学し、その後、大学もあるキリスト教主義の短大に」、それが母の願いだった。しかし私は、本当は高校は英語科ではなく、美術科に行きたかった。そして大学は、日本の大学ではなく留学したかった。

しかし、当時の私は母の願いをかなえることが自分の役割だと思い込んでいた。不得意な英語漬けの高校生活は苦しかった。

第一希望のキリスト教主義の短大では、芸術学科を受験した。筆記試験にはパスしたものの、ほとんど学んでいなかったデッサンの試験で落ちた時には落胆した。未熟な自分はこの時、受験の失敗を母のせいだと責任転嫁し、一方で母の願いをかなえられなかった自分を責めた。

結局、希望の大学ではなく、別の短大の家政科に通うことになった。ただ「家政科」というのは母の願いだった。母は前述のとおり、自分と同じ苦しみは味わわせたくないと、私には女将よりも普通の「お嫁さん」になってもらいたいと願っていたのだ。家政科では料理や裁縫を学べる。母は私に花嫁修業をしてほしかったのだ。母が私のことを思って言ってくれていることはよくわかっていた。この時も、自由に選びたい気持ち、海外へ行きたい気持ちを押し殺し、母はきっと私よりも私を知っていて、私のいい部分を伸ばそうとしてくれているのだろうと思った。

この短大に進むという決断は、確かに母の思いをかなえるためであったのだが、後の私の人生で本当に大切な出会いへと導くことになる。

鬱病発症

親に学費や生活費を出してもらって、通っている短大。高校までは寮生活だったが、ひとり暮らしを始めた。友達にも恵まれ、私は表面上は、楽しく学生生活を送っていた。しかし、実は家に帰り、ひとりになった途端、携帯電話も見ない、外にも出ない、引きこもるという生活だった。旅館の娘として育ったゆえなのか、表だっては取り繕うことができた。友達にはそんな裏の自分を知られたくなかったので、完璧に演技をした。今思えば、その時すでに鬱病だったと思うのだが、その頃の私は「鬱病」がどういうものかも知らず、ただ家でひとりになると自然と涙がポロポロとあふれ出してくる、という毎日だった。

世間で「鬱病」という病気が取り上げられるようになって、私は母に電話で聞いてみた。

「鬱病ってわかる？　私ってそうなのかな？」

母は、笑って応えた。

「あなたが鬱病のわけはないわよ」

親として、自分の子どもが心の病気だと認めることは、つらいことであったであろうし、認めたくない気持ちはわかる。ましてや電話の声のみですべてを察することもできないだろう。でも、その時の私は、「ああ、このことは母にも相談できないことなのだ」と感じて、以後、昼間は何でもないように明るく友人たちと過ごし、夜はただただ泣いて過ごす二重生活が続いた。
自分で判断して心療内科にかかり、鬱病の診断を受けても、その事実を誰にも言えなかった。

テレビをつけると、世界の貧しい国の子どもたちが飢えて死んでいく姿が映し出されていた。「ああ。自分はこれまで恵まれすぎたからいけなかったんだ」とまた自分を責めた。「死んでいくのはこの子どもたちではなく、自分だったらよかったのに」。事件や事故で誰かが亡くなった、誘拐されたとニュースで聞けば、「なぜ自分ではないのか」と思った。
私なんて、この世にいなくてもいい存在なんだ。母がいちばん望んだ大学にも行けず、親の思うとおりになれない自分なんている価値がない。そんな思いばかりが心を占領した。

上の弟はその頃、ニュージーランドへ留学していて、帰国するたびに英語が上達していた。下の弟は難関中学に合格し、母が留学している上の弟を心配したり、勉強がよくできる下の弟の合格を喜んだりする姿を見て、「ママの願いをかなえられなくてごめんなさい。弟たちに愛情が向けられて当然だ。私にはその価値がないのだから」とまた自分を責めた。

誰かが、ましてや母が悪かったわけではない。でも狂いだした歯車は、どんどん私を孤独な世界へと追いやっていった。

私はカーテンを閉め切った薄暗い部屋の中で、膝を抱え、ずっとうずくまっていた。まるで、日照りの中で水分を失い、枯れていく植物のようだった、そんな自分が大嫌いだった。

四章

音楽との出会い

短大での生活も二年目、周りのみんなは就職活動をしていた。周囲は、「まいみは当然実家に帰り、女将になるのだろう」と思っていた。しかし、母が私に女将になってほしくはない、ということは知っていたし、私自身も、「私の人生、もう決められているのか？」と反発する思いもあった。

しかし、「何をしたいの？」と聞かれても、その時の私には本当に何もなかった。敷かれたレール以外、どこに進めばいいのかわからなくなっていた私は、戸惑ってもいたのだ。

初めての快感

二十一歳になった時、私の病を知る学生時代の親友が心配して、気分転換にとローリング・ストーンズのライブに誘ってくれた。ライブ当日、外は土砂降りで、ただでさえ沈んでいる気持ちをさらに萎えさせた。

しかし、「現地集合ね」と渡されたチケットを見ているうちに、なぜかこれには行かなくてはいけないような、背中を押されるような力を感じた。私はローリング・ストーンズのファンではない。音楽自体に強い興味があるわけでもない。幼い頃から、父の影響で身近に音楽はあったけれど、ただそれだけだった。

友人からは「少し遅れる！ ごめん！」とメールが入った。ひとりで東京ドームの会場に入った。幕が開き、どこかで聞いたことがある曲が始まった。父よりも年上のおじさんたちが、全長二百メートル以上はあると思われるステージを、子どもが飛び回るように、楽しそうに動き回っていた。ボーカリスト、ギタリスト、ベーシスト、ドラマー、それぞれが輝きに満ち、そのバンドはまるで魔術師のように六万人の聴衆を虜にした。

「スゴイ！ すごい！ 凄い！ バンドってかっこいい！」

こんな快感は、これまで生きてきて初めて感じるものだった。

私は、まるで昔からファンだったかのように興奮し、曲名はわからない、しかし何度も聞いたことのある曲を歌い、踊った。ふと隣を見ると、友人も来ていて、同じように歌い、踊っていた。

「六万人が同じ気持ちで動いている！」

そう思った時に、鳥肌が全身に広がっていくのを感じた。


その二時間が、私の人生観を百八十度変えてしまった。私の音楽活動への第一歩となったのだ。

バンドを作りたい

私がその瞬間思ったこと。

「バンドを作りたい！」

それが、後に私の精神状態をさらに悪化させるようになろうとは思ってもいなかった。音楽の厳しさを知っていれば、私のその思いを封印し、普通に就職活動をするか、実家に帰って旅館の仕事をしただろうが、私はただただ純粋にローリング・ストーンズの音楽に心躍り、その世界に踏み出さずにおられなかった。自分のように、悲しんだり、苦しんだりしている人が、音楽にのめりこむ気持ちがわかり、そういう人たちと気持ちを共有したいという思いもあった。父が歌手であったことで、音楽活動が大それたことに思えなかったこともあるだろう。

母に初めて思いを打ち明けた時には「何を言っているの？」という反応だった。それまでの私ならすぐに「そうだよね。おかしいよね。ママの言うとおり、お嫁さんになるよ」と言ったと思う。

実際、その頃、縁談があり、そのお相手が驚くほどの名家であったために、これで、大学受験失敗の汚名を返上できるとも思った。

それでも、死さえ願った自分にもう一度生きようと希望を与えてくれた音楽を諦めることがどうしてもできなかった。人生で初めて、親の反対を押し切ってでもやりたいことに出会ったのだ。

自殺未遂

バンドを作るためには、メンバーを探さなくてはいけない。いったいどうすればいいのか。悩んだ末に、いろんなライブハウスを見てまわることにした。そして、ある女性アーティストに惹かれるようになり、彼女のライブを見にいくようになった。しかし、彼女は年に数本しかライブをしない人で、三度目のライブを見に行った時点で、すでに探し始めてから半年以上の月日が流れていた。何も進まず、焦る気持ちを抑えながら、情報誌をかたっぱしからめくり、ライブ情報を探すが、なかなか見つからない。絶望と虚しさの中で、無謀な夢を見た自分を責め始めた。私の精神状態は日に日に悪化し、ついに一度目の自殺未遂を起こしてしまう。

当時つきあっていた彼氏は、慌てふためき、大量の水を口の中に入れ、指を喉元まで差し込んで、私が飲んだ薬を吐き出させた。私は命拾いしたのだ。

ギタリストとの出会い

日常を取り戻し始めたある日、カフェでひとり、あのライブのことを思い出していた。バンドを作れるような気配もなく、一向に夢へ近づかない。私のやり方が間違っているのか。どうしたらいいのか。

するとその時、店のBGMが聞き覚えのある音楽に変わった。ローリング・ストーンズのカバー曲だった。慌ててお店の人に聞いた。

「このBGMで歌っているアーティストは誰ですか？」

お店の人はそれが七〇年代初頭の女性アーティスト、メラニー・ソフィカだと教えてくれた。

これだ！　私はデモテープを作ることにした。曲名はもちろんメラニーと同じ、ローリング・ストーンズの「ルビー・チューズデイ」。

出来上がったデモテープを持って、あの女性アーティストのライブに出かけた。彼女への憧れは、いつしか、彼女のように歌いたい、という思いに変わっていった。彼女のバックギタリストの横で私が歌いたい、と。

ライブが終わり、私は楽屋口でそのギタリスト、モト（MOTO G3）さんを待った。

「すみません、お話聞いていただけますか？」

「いいけど、あんまり時間ないんだけどいい?」

「はい。三十分でいいので、お時間下さい」

私たちは、ライブハウスの近くのカフェに入った。私は、座るなり「私、バンドやりたいんです! だからこのデモテープを聞いてください」と言った。すると、彼は話をそらすかのように「せっかちだね。自己紹介くらいお互いにしようよ」と笑った。

「あ、すみません。黒岩まいみです」

「モトです。よろしくね」

その日は、なぜバンドを私がやろうとしているかなど、淡々と聞かれたのだが、何一つまともに答えることはできなかった。

空回りしてしまった、とその晩は落ち込んだ。

数日後、携帯電話の着信音が鳴り、モトさんからだった。

4章
音楽との出会い

「あのさ、あのデモテープ聞いたけど、とってもいい声だったよ」

私は驚喜した。

「あとさ、今ちょうどリンドバーグ*のドラムのチェリー（小柳〝cherry〟昌法）さんとバンド作ろうという話があるんだけど、一緒にやる？」

後で聞いた話だが、ちょうどその頃、リンドバーグが解散して一年ほどした頃で、チェリーさんは第二のリンドバーグのようなバンドを作りたいと女性ボーカリストを探していた。しかし、すでにオーディションは始まっていて、三人に絞られていたところだったという。そのタイミングで私のデモテープが彼らのもとに送られたのだ。

「レッスンを受けてきたわけでもないど素人。だけど、今どき出待ちしてまでデモテープを渡してくるような子は珍しい」

思いだけは強い子、というのがチェリーさん、モトさんたちの第一印象。

「歌を聞いたら、ほかの誰よりも下手だが、声質がリンドバーグの渡瀬マキに

＊1998年デビューの女性ボーカルのロックバンド。代表曲は「今すぐKiss Me」「BELIEVE IN LOVE」。

いちばん似ている。声質に関しては生まれもったものだから、どうしようもないもの。だから彼女を鍛えれば、もしかしたら第二の渡瀬マキになるかもしれない」

私にしてみたら、理由はどうあれ願っていた道が開いた瞬間だった。しかし、同時に私なんかがという、いつものネガティブな感情が湧いてくる。うまくいくはずがない……。しかし、そんな感情を振り払うように私は言った。

「ありがとうございます。ぜひ、お願いします」

私たちは、チェリーさんのアイデアで、リンドバーグ時代のプロデューサーにデモテープを作って渡すことにした。一週間もしないうちに、チェリーさんから、プロデューサーの月光恵亮さんが会いたいと言ってくれていると連絡が入った。そこからは、私に迷っている時間はなく、月光さんがマネージメントを決め、さらにレコード会社までも決めてくださった。

4章

音楽との出会い

母離れ

その話を母にしたら、「もうママに言う必要はないんじゃない？」と言われた。「ママは口出ししないけれど、応援もしない。お金ももちろん出さない。それでもやるというなら、もう二十歳を過ぎた大人なのだし、あなたの選んだ道を歩みなさい」

私は、その時から何年も実家に帰ることなく、音楽一色の生活となった。音楽に触れれば触れるほど、その深さや重さ、美しさに、「なぜ、あの時、私は簡単に『ぜひ、お願いします』なんて言ってしまったのか」と罪悪感に苛まれた。私より、歌のうまい人はいくらでもいる。

モトさんは「まいみ、大丈夫だよ。心配しすぎ。声に十分個性があるし、問題ないよ。月光さんもそう言ってるよ」と言ってくれた。

しかし、そんな優しい言葉が、私には素直に受け取れない。どん底に向かって、一直線に落ちていくようだった。部屋は散乱し、心も制御不能となり、私は発作的に二度目の自殺未遂を起こしてしまった。再び、彼氏が救ってくれたものの、前の倍の薬を飲んだために、私の体にはしばらく後遺症が残った。体が震えてしまうのだ。そのためレコーディングは延期となった。

再開しても、歌い出した途端に、震えが襲った。「もう駄目だ」、そう思った時に、月光さんが、事情を聞きたいと私を呼び出した。自信がないこと、心の病のことなど、すべてを打ち明けた。

話してしまえば、きっと怒られるだろうと思っていた。「もう歌は辞めろ。歌の世界はそんなに甘くない」、そう言われるに決まっていると。

しかし、月光さんの言葉は予想に反するものだった。

「まいみさあ、詩のテーマはそれなんだよ。世の中には、悩んでいる若者や心の病にかかっている人たちがたくさんいる。もともと詩の内容から、感じていたんだけど、それをもっと素直に詩にしていこうよ。まいみの傷は武器になる。我慢することはないよ。思ったことを全部表現していきなよ」

私は呆気に取られていた。なんて器の大きな人なのだろう。この月光さんの言葉を聞いた後、私の震えは止まった。今まで我慢していたこと、傷ついてきたこと、それらがすべて詩になり、それがプロの仕事によって作品になっていった。できた作品が愛しくてたまらなかった。それ以来、レコーディングも順調に進んでいった。

バンドの名前は「GaGaalinG《ガガーリング》」と名づけられた。世界で最初の有人飛行士ユーリ・ガガーリンの名前から取り、アイ・キャッチーを考慮してこの奇妙なスペルになった。彼の探究心・冒険心を私たちのバンドも忘れることなく継いでいこうということで、ing（現在進行形）が付いた。そして、私の名前も「MAIMI」に「ing」を付けて「MAIMING」とした。

のちに、バンド感をさらに強化するため、ベーシスト淳を迎え、GaGalinGはパワーアップし、海外へもライブに行くようになる。新メンバー淳が加入したときに、私のアーティスト名も「MYM《マイム》」と改めた。MYMとはヘブライ語で「水・泉」を表す。人間の七〇%は水でできている。MYMの想いや詩の世界を歌で伝え、MYM色に染めたいという思いからMYMと改名した。ドラムのチェリー、ギターのMOTO、ベースの淳、ヴォーカルのMYM。生まれ変わった四人でのGaGalinGが始まったのだ。

十字架

初めて、自分たちのアルバムが出来上がった時の喜びは、筆舌に尽くしがたい。デザインに対して、私から何か要望を言ったわけでもなく、自分がクリスチャンであると言ったこともなかったのにもかかわらず、私の写真の後ろには十字架がデザインされていた。

デザイナーにその意味を聞くと、こう言った。

「あなたは、あなたの十字架を背負ってここに来たんだと思う」

十字架を背負う——ぬぐい去ることのできない罪の意識を、苦しみつつ背負って生きる、という意味で使われている言葉。でも私にとっては、これまでのネガティブに見えるような経験さえも、今の私を形成する大事なピースだったのだと、今の自分を肯定してもらえたような気持ちだった。私にとっては苦しみでしかなかった出来事にも、意味があり、もしかしたらその経験がほかの誰かの励ましになるのかもしれないと思うと、うれしくて仕方がなかった。

そして、私はもう一つ、キリストの十字架を思っていた。イエス・キリストの十字架ゆえに、今の私がいる。神がいないかのように生きていたこの数年間も、神がともにいてくださったのだ。そう気づいた時、涙がとまらなかった。

私が出来上がったCDをいちばん見てほしい人、そしてある意味いちばん見せることが怖い人は母だった。しかし、今の私を母に知ってもらいたいという気持ちが勝った。

「これが、私たちの作品だよ」

それを見た母の目に、みるみる涙があふれていく。

「今まで、いろんなアーティストの方に出会って、いろんなＣＤジャケットも見てきたけれど、こんなに美しいＣＤは初めてよ」

ほかの誰のどんな言葉よりも、私にとっては重みがあり、うれしい言葉だった。

「すごいことが始まったんだね。がんばりなさい」

母は、ライブにも足を運んでくれるようになった。

「あなたはママがいないと何もできない子かと思っていたけれど、やりきったんだね。あなたが生まれた時に、ただ愛おしいだけでなく、芯のある『女』に見えたことを思い出したわ」

親から離れることは、私にとって何より怖いことだった。しかし、離れてようやく、ぼろぼろになりながらも、自分に向き合い、自分の魂を揺さぶるものと出会うことができた。
そして、ようやく母とも対等に向き合うことができるようになった気がした。

「Royal Punx」のアルバムジャケット

GaGaalinG

恐縮ですが
切手を
おはり
ください

郵便はがき

〒164-0001
東京都中野区
中野 2-1-5

いのちのことば社
フォレストブックス 行

お名前

ご住所 〒

Tel.

男　女

年齢

ご職業

e-mail 携帯電話のアドレス
パソコンのアドレス

今後、弊社から、お知らせなどを
お送りしてもよろしいですか？ □はい □いいえ

愛読者カード

書名

お買い上げの書店名

本書についてのご意見、ご感想、ご購入の動機

ご意見は小社ホームページ・各種広告媒体で匿名にて掲載させていただく場合があります。

本書を何でお知りになりましたか？

- □ 友人、知人からきいて
- □ 広告で（　　　）
- □ プレゼントされて
- □ 書店で見て
- □ 書評で（　　　）
- □ ちらし、パンフレットで
- □ ホームページで（サイト名　　　）

今後、どのような本を読みたいと思いますか。

ありがとうございました。

ご記入いただきました情報は、貴重なご意見として、主に今後の出版計画の参考にさせていただきます。その他「いのちのことば社個人情報保護方針 http://www.wlpm.or.jp/info/privacy/」に基づく範囲内で、各案内の発送、匿名での広告掲載などに利用させていただくことがあります。

五章

リッキーとの出会い

デビューしてからは、毎日が刺激的で楽しく、希望しかないのではないか、という日々だった。

しかし、踏み出した音楽の世界は、日々新しい歌い手が出てきては消えていく、厳しい世界。CDが売れる時代ではなくなっていたし、ライブの客も少しずつ減っていくのを感じていた。

もっとうまい歌手はいる。もっといい歌詞を書く人も。鬱病の薬は一回十三錠、一日で三十九錠も飲まなくてはいけないので、薬の副作用のため、体がふわふわしたり、震えてしまったりすることもあった。CDが売れないのは自分のせい、集客が悪いのも自分のせい。昔の悪い癖がまた頭をもたげた。

澄んだ目

二〇〇五年三月、母から電話がかかってきた。

「ねえ、お芝居のチケットが手に入ったんだけど、時間があったら明日一緒に行かない？」

5章
リッキーとの出会い

お芝居の会場に着くと、それは手話のお芝居で、そこには母が母の友達を招待していた。脳性麻痺というハンディキャップをもった少年、リッキー（浅井力也さん）と彼のお母さんだった。それが、リッキーとの最初の出会いだった。リッキーは、その澄んだ大きな目で私を見て、両手を広げ、ハグしてくれた。

同行していたマネージャーの女性の話で、彼が有名な画家であることを知った。私は彼がどんな作品をどうやって描くのか不思議だった。歩くこともできそうにないし、言葉もうまく話せない彼がどうして……。

忘れかけていた感覚

お芝居が終わった後、私たちは一緒に食事をすることになった。リッキーの家族はハワイに住んでいるらしく、その肌は太陽の恵みを浴び、健康そのものに輝いていた。

私が咳をした時、リッキーは「ダアジョーブ？（大丈夫？）」と、私の顔をのぞき込むようにして聞いてくれた。私は、私が忘れかけていた何かを彼が思い出させてくれたような、そんな感覚を味わった。

私は、中学生時代、当時流行していたドラマの影響で手話を学んでいた。リッキーも、私も手話という共通の言語をもっているのだが、リッキーの手話は英語で、日本語の手話とは異なっていた。リッキーのお母さんの通訳で、私たちは語り合った。彼は私が音楽をしていることに興味をもってくれた。

私は彼のお母さんから渡された彼の画集を一ページずつ、丁寧にめくっていった。鮮やかな色彩感覚と力強いタッチに、私の心はときめいた。


しかし、あるページに、私は一瞬手を止めた。それまでの色彩感覚とは違う、何か物悲しい色調だった。その絵は、まるで私の心の奥をのぞくかのように暗く、そして孤独に満ちていた。彼のお母さんにその絵のことを尋ねると、彼女は言った。

「私が夫と離婚した時に描いたもので、きっとこの子もすごく悲しかったんだと思うわ」

私はだまってうなずいた。私がリッキーの顔を見ると、彼は優しさにあふれた顔で微笑んだ。私はあふれ出しそうになる涙を必死に堪えた。その絵のタイトルは「しだの洞窟」とあった。

5章
リッキーとの出会い

リッキー家族と別れ、帰途についてから、私はもう一度画集を開いた。私の目に呼び込んできたのは「エネルギーの源」というタイトルの作品。それは、真っ赤な太陽が描かれており、「しだの洞窟」とは対照的だった。

私は本物を見たい！と思った。銀座で個展が開かれていて、それに合わせてリッキーが来日したことを知っていたので、私は次の日、会場に行くことにした。その夜はベッドに入ってもなかなか寝つけなかった。

運命なのか、それとも偶然なのか、私の心を大きく変えようとする何かとてつもない力を感じながら、私は個展会場に足を踏み入れた。その瞬間、「エネルギーの源」が目に飛び込んできた。私はまるで金縛りにでもあったかのように動けなくなり、そこから放射されるエネルギーを受け止めた。時が止まったかのように、絵から離れることができなくなった。
そして「天地創造」。それはまるで海を燃やし、大地を焦がし、暗闇を走る稲妻が、怒れる私の心を象徴しているかのように空を引き裂いていた。何も感じなくなった私の心に残った、不条理な世界への理由なき反抗を表しているかのようにも感じ取れた。しかし、しばらくその絵を見ているうちに、その怒りが引き潮のように絵の中に吸い込まれていくのがわかった。

「野獣の悲しみ」の前に立った時、私は映画「美女と野獣」を思い出した。主人公の野獣《ビースト》の容姿に隠された愛と憎しみと優しさ。人間は、誰もが宿命を背負いながら生まれてくる。そしてその宿命は選択することはできない。リッキーが背負った宿命。それは美しい容姿をもちながらもあまりにも過酷な宿命だった。

その時、「キーキー」とタイヤが床を擦る音がした。振り返ると、車椅子に乗ったリッキーが笑顔で近づいてくるところだった。その笑顔は彼が背負った宿命など微塵も感じさせない屈託のない笑顔だった。私は思った。神はリッキーにハンディキャップという宿命を与えた代償として、心に自由の翼を与えたのだ、と。そして私には、健康な体に、不自由な心を与え、鉄でできた重い扉を取り付けたのだ、と。

ほかの誰かと自分を比べることは何も意味はないのにもかかわらず、その時の私は、そう思わずにはいられなかった。

私は躊躇しながらリッキーのお母さんに尋ねた。

「リッキーは小さい頃、他の子どもたちが公園で遊んだりする姿を見て、一緒に遊びたいってごねたりしなかったですか？」

唐突な質問に、彼女はとまどったようすだったが、こう応えてくれた。

「リッキーにとっては、これが日常だから、そんなことを一度も言ったことはないわ。この子はみんなが楽しそうにしているその空気を共有していることが幸せなのよ」

私は自分が恥ずかしくなった。何の不自由もない、この身をもてあまし、自ら命を捨てようとしてしまったのだ。傷つくのが怖くて、何も感じようとせず、見ようともせず、聞こうともせず、ただ自分で大きな壁を作ってしまっているだけじゃないか。そしてそれを勝手に孤独と思い込み、世の中と自分との間に線を引き、こんな私を自分自身で形成してしまったのだと思った。

リッキーのお母さんは、何かを察したのか、私の肩に手を乗せ、一枚の絵の前へと私をエスコートしてくれた。それには「ママにキスと菊の花を」というタイトルがつけられていた。

「この子はね、私が病気なんてしないと思っていたみたい。はじめて私が寝込んだとき、ショックだったみたいでね。何度も私の頬やおでこにキスをして、花瓶にさしてあった菊の花を抜いて持ってきて、『ママ、早く元気になってね』って、ずっと私の側《そば》を離れようとしなかったのよ」

「ママのことが大好きなんですね」

「そうね。この子は確かに私のことが大好きよ。それに私もこの子が大好きで心から愛しているわ。自分の分身のような存在なのよ。きっとあなたのママだって同じ気持ちよ」

私はその絵の中の重なり合う菊の華の力強い黄色の花弁に、強い強い絆を感じた。

鮮やかな色とりどりの絵に見送られながら、私は会場を後にした。帰りの電車の中で、私は思った。何か、リッキーと一緒にやりたい、と。

リッキーへ捧げる歌

自分の閉ざされた世界を抜け出すために飛び込んだ音楽という世界。

そして人知れず、苦しみ続けた孤独な日々の果てにたどり着いたGaGaalinGの初ライブの日。私はステージ上で観客に向かって叫んだ。

「私は音楽と出会って自分の居場所を見つけた！　そしてこのふたりのメンバーとも出会えた。こうしてみんなとも出会えたことに感謝します！　ありがとう！」

絵という表現を手に入れて、自分の居場所を見つけたリッキー。そして鬱病という壁にぶつかりながらも、音楽という居場所を見つけた私。

ライブ会場に来ていたリッキーのマネージャーは、その夜私にこう言った。

「ねえ、このバンドでリッキーに捧げる歌を作ってみない？　あなたの叫びはきっと、多くの人の心に届き、そして居場所を探す若者たちの道しるべになるわ」

私は感動に打ち震えた。

ドラマーのチェリーさんもギタリストのモトさんも「まいみやろう！」と言ってくれた。


もしかしたら、神が与える苦難は、平等なのかもしれない。苦難の意味を知る日が来るとも限らないが……。リッキーが描く世界に、秘密を解く鍵があるような気がした。リッキーを支える何かが、暗闇でうごめく私の心をも光の方向へ解放してくれるのではないかと思ったのだ。

5章

リッキーとの出会い

強い涙

リッキーのマネージャーから、リッキーとリッキーのお母さんに私たちの思いは伝えられ、リッキーは私に会いたいと言ってくれた。数週間後、私はGaGaalinGの叫びを込めたCDとともに、成田から一路ハワイへと向かった。私は何度も心の中で叫んだ。

「神様、ありがとう！　ふたりの心をつないでくれて……」

ゲートを出ると、笑顔で手を振るリッキーがいた。半年ぶりの対面。涙があふれた。駆け寄って、リッキーをハグすると、リッキーは私の頬にひとさし指をあて、涙を拭いてくれた。

リッキーの家に着くと、私はさっそく私たちの曲「強い涙」をリッキーに聞いてもらった。

イントロが流れ出すと、リッキーの顔からは笑みが消え、真剣な表情になった。やがて、空間に何かを描き始めた。

曲が終わった瞬間、リッキーはもうキャンバスに向かっていた。力強く、そして自信に満ちた優しい青が一面に広がった。まるでそれは、空の一部を切り抜いたように躍動感にあふれていた。

次の日の夕方、ダイヤモンドヘッドの向こう側に夕陽が傾く頃、リッキーは万歳をした。絵が完成したのだ。それは、ふたりの魂が鳥になり、青空を、さまざまな光を放ち、飛び回っているかのようだった。鮮やかで、眩しく、そして自由だった。

私の頬を熱い涙が流れていった。

リッキーが背負ったもの、私が背負ったもの、それは形が違えども神が与えた試練であり、プレゼントでもあるのだと思った。

私はチェリーさんとモトさんに国際電話をかけた。

「さすがだよ、リッキーは！　ふたりの天使が空で踊っているよ！」

5章

リッキーとの出会い

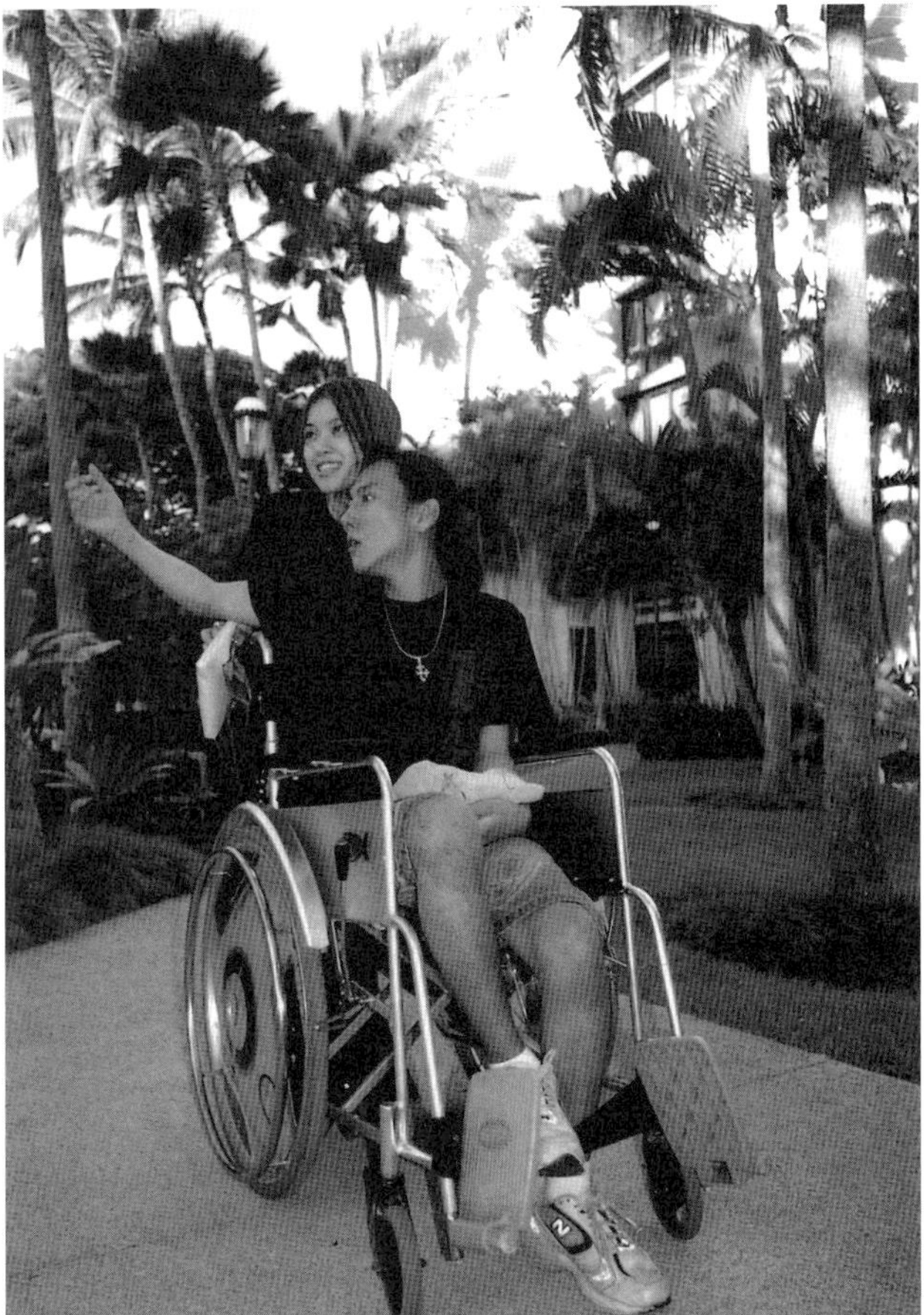

リッキーと

帰国後、リッキーから手紙が届いた。

「まいみん、僕は病気ばかりで、明日がわからないけれど、二十歳になったよ。神様が、僕たちに命を与えてくれた。特別な命をくれたと思う。神様がピックアップしてくれる日まで生きようね。まいみん、ダアジョーブ!」


私と心の病との闘いは、まだまだ、もしかしたら一生続くかもしれない。だけど、優しい彼の言葉がそのたびに私を励ましてくれるだろう。

「まいみん、ダアジョーブ!」と。


初めて「強い涙」を観客の前で歌う日。

「今日のこのライブの日が来るまでにたくさんの出会いがありました。私はリッキーというひとりの少年と出会いました。彼は生まれながらの重度のハンディキャップを背負いながらも、画家としてのすごい才能があります。私はそんな彼に『勇気』を教えてもらいました。彼は、体は不自由でも心は自由です。だからこそ、人の心を動かせるような力のある絵を描けるのだと思いました。だけど、私は、体は自由でも心は不自由でした。どんな自分であっても、きちんと本当の自分の姿を向き合って生きる大切さをリッキーは教えてくれました。そんな彼と出会い、この曲は生まれました」

歌い終わった後、会場には割れんばかりの拍手がわき起こった。

「ありのままの自分を愛してあげてください。泣きたいときは涙を流せばいい。つらいときは我慢せず、泣きわめけばいい。その涙はいつかきっと『強い涙』になるのだから」

私は孤独だと、ひとりだと思ってきたけれど、そのときそのときに神は私に出会いを与えてくださり、ここまで私は生きてくることができたのだ。

その後、バンドの人気は復活。海外にも呼ばれるようになった。アメリカのロサンゼルス、ボストン、中国やタイ。当時、二億人分以上のアカウント（会員）

があった音楽・エンターテインメントのSNS「Myspace《マイスペース》」で、試聴世界ランキング二位になったこともあった。

それでも、日本での人気は思うようには上がらず、チェリーさん所属のリンドバーグの再結成もあって、バンドの辞め時を考えるようになっていった。


実はデビューする時に、母と約束したことがあった。

私のデビューは遅咲きの二十五歳。三十歳までの五年間、精一杯やって、そこまでに花が咲かなければきっぱり辞める。

精一杯やれることはやりきって、二〇〇七年七月十七日、高田馬場で行われた「GaGaalinG LAST GIG ~ GGGG ~」のステージをもってGaGaalinGは解散し、私は芸能界を引退した。


実は八年後の二〇一五年、GaGaalinGは一夜限りの再結成をした。それはドラムのチェリーさんが五十五歳になったことと、デビューしてちょうど三十年の年というバースデーイベントへの出演だった。

リンドバーグをはじめとして、チェリーさんが携わったバンドが集結したのだ。当時応援してくれていた企業の方たち、ファンの方たち、事務所の人たちが集ってくれた。「懐かしかった。今まで見たなかで、いちばんよかったな（笑）」と言う人もいた。おそらく、「私がしっかりしなくては。バンドをつぶすわけにはいかない」という責任から解放されて、のびのびと歌うことができたのだと思う。

当時のプロデューサーの月光さんに「あの時、あれができてきたらGaGaalinGは世界一になったかもな！」と笑いながら言われた。

六章

万座に帰る

解散ライブが終わってその二日後、私は実家の万座にいた。それは東京にいたままだと、きっとずるずると後ろ髪をひかれ、音楽から離れられないだろうと思ったゆえの、未練を断ち切る意味での行動だった。

そして、もう一つ、自分の決心を変えないために、あえて大きな買い物をして、借金を作った。借金をすれば、それを返さなくてはいけなくなる。そのためには一生懸命働かなくてはならない。実家の旅館で働かざるを得ない状況を作ったのだ。

いちばんやりたくない仕事を

旅館といっても、いろんな仕事がある。私はいちばん人がやりたくない仕事をさせてもらおうと思った。私は三十歳まで好きな音楽に携わらせてもらった。髪も七色に染め、自由な時間をもらった。父に似て音楽の素養のある弟たちも、音楽をしてみたかっただろうに、道を逸れずに旅館の仕事をしていた。私はその分、下働きをすることが当たり前だと思った。

トイレ掃除や、布団の上げ下げなど力のいる仕事。それらは時給で働くアルバイトだった。借金を返すために、月に何時間働かなくてはいけないのか一目瞭然なので、その分を達成するために本当に必死に働いた。

しかし、今だから言えるが、気を抜くと、バンド時代のことを思い出してしまい、泣きたくなった。仕事が嫌というわけではない。でも、「二度と音楽はできないのか」「解散じゃなくて活動休止にすればよかった」、後悔の波が押し寄せてくる。大好きな音楽も、思い出してしまうので聞かず、万座からほとんど出ずに過ごした。

クレーム対応

日進館は、温泉旅館だ。「温泉が良いので、お客様は来てくださるのだ。だから温泉を大切にしなくてはいけない」と私は思っていた。そんな時に、お客様から温泉について、立て続けにクレームがついた。それは温度に関するものだった。そしてそのクレームは決まって夜中で、そして女性のお風呂だった。その理由を調べてみると、温泉の温度調整をするスタッフは、夜十時に帰り、その後男性の夜警さんが、男性風呂は調整してくれるのだが、女性風呂はその時間だけ調整をする人がいなくなっている、ということだった。

私は「なんだ、そんな簡単なことなの？」と思った。私はミュージシャン時代に体が夜型になっていて、夜に起きていることも苦ではなかった。それで、私はその役を買って出た。それで給料をもらうつもりはなかったし、クレームがそれで減るならラッキーではないか、と考えたのだ。

誰かが見ているわけでもないし、急激に温度が下がったりするわけではないので、さぼろうと思えばさぼれたのだが、もうそれが私の日課となっていた。そんな生活が二年続いた頃、母に声をかけられた。

「まいみ、そろそろ女将の仕事してみる？」

母は、私が幼い頃から女将をさせたくないと思っていたが、周囲は私が幼い頃から将来は女将となるだろうと思っていたようだ。しかし、音楽の道へと進んだ私を見て、周囲もすっかりその道はなくなった、と思っていた。

母は初代女将として、はっきりとした女将像をもっていた。お客様にとっては皆から愛されるアイドル、スタッフにとっては皆のお母さん、そして、皆の見えないところで働く人でなければならない、と。

私は母のそんな思いをその時は知らなかったのだが、母にとっては、その温度調整をし続ける私の姿が決め手となったようだった。

実は温度調整の仕事は母さえもしたことがない仕事だったという。また、弟たちや従兄弟たちは、新卒ですぐに旅館で勤め始め、初めからフロントマンなど華のある仕事が割り当てられた。また、初めから社員でもあった。もちろん、そういう仕事だからこその大変さもたくさんあったろうと思うし、重圧もあったとは思う。でも母はこう言った。

「女将の仕事は、私がやりなさいと言ったからといってできる仕事ではない。でもバックヤードのつらさ、大変さを知ったあなただからこそ、できる女将の仕事があると思う」

母の歳を考えると、女将である母の下で、若女将として修行できるチャンスは今しかなかった。

「私でよければさせてください」

親への言葉というより、それは教えを乞う弟子としての師への言葉だった。

二年間の仕事の中で、同じく裏方を担うスタッフたちと時間を共有し、その中で、「あなたが次の女将となってくれたら」と言ってくれたスタッフの言葉も背中を押した。

若女将として

その後、二年間の若女将として、女将修業をした。しかし、その時代も時給だった。

この業界には、「女将サミット」なるものがあって、お給料の話になった時、ほかの女将や若女将に、時給だと話すと皆一様に驚きの反応を見せた。でも、またそれも私らしい、と思った。時給が十円、二十円上がることの喜びも知り、お金を稼ぐことの大変さも知った。

若女将となって、初めにぶつかった壁は、女将業があまりにも楽しくて、やりがいがあり、ミュージシャン時代を無駄だと思ってしまったことだった。先に記した「女将サミット」では二十代の若女将がたくさん来ていて、「ああ、私も寄り道をせずに女将になっていれば、もっといろんなことができたかもしれないのに」と思った。音楽活動が興業として大成功したわけでもなかったことが余計にそんな思いにさせた。

テレビの取材依頼があったのはそんな時だった。私にとっては初めての若女将としての取材だった。その後、次から次へとテレビ局が旅館を取り上げてくれたのだ。彼らが日進館を取り上げる理由を聞くと、私の「ギャップ」だと言う。

「実は若女将は昔ビジュアル系のロックバンドのボーカルだった！」

決まってそんなふうに紹介される。いい温泉宿は、各地にたくさん存在するし、素敵な女将や若女将もたくさんいる。しかし、私の経歴が、テレビ番組にとっては、格好のネタになるのだそうだ。

6章

万座に帰る

七章

元気を分かち合う

日進館は明治時代から続く、万座でも老舗の旅館で、年間十三万人ものお客様が来られる。万座温泉は標高千八百メートルに位置し、環境もよく、泉質も評判だが、お客様には入浴だけでなく、さらに心身から健康になっていただける宿でありたいと、さまざまなイベントやプログラムに力を入れている。

父は常々、「日進館は旅館ではなく、命の宮であり教会である」と言っている。教会として、お客様の魂と身体に元気を与えたいと願っている。

そのために、さまざまな取り組みを行っている。

①心の健康「フロアショー」

毎晩八時から本館二階のフロント前ロビーで歌と話のライブショーを開催している。「雲上のエンターテイメント」と銘打つこのショーでは、日替わりでクラシック、ジャズ、ポップス、ゴスペル、歌謡曲、腹話術、ハワイアンダンスなどが披露される。父は歌手「泉堅」としてワンマン・メッセージショーを定期的にしており、これがいちばん人気である。私も時々、派手な衣装で出演している。

ビジュアル系バンド時代の格好に身を包み、「タオルぶんぶん体操」なるものを披露させていただいている。このフロアショーが評判になり、よくメディアに取材してもらうようになった。

体だけでなく、心も健康でなければ真の健康とはいえない。笑ったり、歌ったり、大いに楽しんで喜んでもらうことで、心身を健やかにして、その後はゆっくり休んでいただきたいという願いを込めている。

②心の健康「チャペルタイム」

本館にあるホールを「シオンの泉」と名づけ、週に一度、チャペルタイムを開いている。さまざまな牧師やゴスペルシンガー、クリスチャンアーティストがゲストで来てくださる。聖書の言葉から、お客様の魂に元気を与えられればと願っている。

③体の健康「健康プログラム」

体を実際に動かして、体を健康にする実践的な講座を開催している。かつて不健康な歩みをしていた私自身が健康にされたことで、お客様に健康を分け与えたいと願って続けている。私も、健康体操の講師をしており、この時も「タオルぶんぶん体操」をしている。

④お食事からの健康「すこやかだよ」「まごわやさしい」

ご朝食時には「すこやかだよ」、ご夕食時には「まごわやさしい」というテーマでお食事を提供している。

「す」＝「酢」・「こ」＝「昆布」・「や」＝「野菜」・「か」＝「カルシウム」・「だ」＝「大豆」・「よ」＝「ヨーグルト」。「ま」＝「豆」・「ご」＝「胡麻」・「わ」＝「わかめ」・「や」＝「野菜」・「さ」＝「魚」・「し」＝「しいたけ」・「い」＝「芋」。昔のおばあちゃんの知恵袋からヒントをいただいたものだ。

⑤温泉からの健康「五大要素」

温泉には大切な「五大要素」がある。自噴・白濁・高温・効能・かけ流し。そのすべての要素が揃っていながら、標高が一八〇〇メートルという高地にある温泉が万座温泉なのである。

これだけの自然の恵み、条件が揃った温泉だからこそ万病に効くとされ、多くのお客様が湯治を目的とし日進館に足を運んでくださる。

今は専務や支配人として働く弟たちとともに、私も父の信仰とビジョンを受け継いで、「教会」として、またお越しくださるお客様の身体の「健康院」としての働きを大切にしていきたいと努めている。

そして、受け継がれてきたものを大切にしつつ、母の時代とは違う新しい時代の「女将像」もイメージして、歩んでいきたいとも考えている。私がGaGaalinG時代のメイクと衣装で歌い踊ることもその一例で、私自身が前面に出て、弾けて、まずいちばん楽しんでしまおうという思いである。私が楽しみ、お客様にも楽しんでいただきたい。私がまず元気になり、お客様にも元気になっていただきたい、そう願っている。

さまざまな資格を取得したり、新しい学びをしたりしているが、与えられたこの場所で、楽しみながら、お客様をはじめ出会う皆様のために活かし、仕えていきたいと思う。

元気を分かち合う

フロアショーで「タオルぶんぶん体操」

八章

すべてが益に

二〇一七年一月、母は大女将となり、私が女将を引き継いだ。旅館の一日は長く、繁忙期にもなれば毎日数百名ものお客様が来られる。それはもう慌ただしくて、まるで戦場のように大変である。女将である私は毎日、フロントや売店での業務をこなし、客室やお風呂の確認、そして宴会があればごあいさつに伺い、フロアショーやチャペルタイムなどに顔を出す。そして、たくさんのスタッフに心を配り、海外からの研修生のお世話もしなければならない。改めて、母の偉大さを認識させられる。

これまでの私の歩みをふり返ると、「すべてのことがともに働いて益となる」（ローマ人への手紙八章二八節）と心から実感している。そして、ここまで私を導き助けてくれた父母をはじめ弟やスタッフやすべての人たちに感謝の思いでいっぱいである。

バンド時代にライブの構成を考えたり、ライブグッズを作ったりしたことも、

8章
すべてが益に

今に生きている。旅館のオリジナルグッズの開発に役立っているのだ。自慢の温泉を、自宅で楽しんでもらうための温泉成分入りの入浴剤に、温泉石鹸や温泉水マスクなどを開発してきた。

ミュージシャン時代にあれだけ出演したかったテレビ番組に、気づけば「旅館の広告塔」として、しばしば出演している。かつてのGaGaalinG時代の私しか知らない人が、たまたまテレビで女将となった私を見て仰天したという声も聞いている。

また、インドネシアからの研修生を迎えて、しばらくして彼女がGaGaalinGの大ファンだったと知り驚いたが、もっと驚いていたのは彼女のほうで、まさか自分の憧れのバンドのボーカルが、研修先の女将だったとは信じられなかったようだ。

初めは夢破れて実家に帰ってきたという挫折感もあったのだが、父なる神様のもとで、父母とともに働ける幸せを実感している。私の無駄だと思った過去の経歴さえ、神様は今に生かしてくださったのだ。

死さえ考えた私が、私の計画にはなかったのに、今女将となり、今は女将の仕事が神に与えられた天職だと思っている。誰がこんな生活を、こんな心境になることを予想しただろうか。私の思いを超えて、家族や周囲の思い、人間の思いを超えた神様の計画を感じる。

私は随分廻り道をしたと思う。しかし、今だから言えることがある。廻り道をしたからこそ、見えたものがあり、出会った人たちがいた。それらが今の私を形づくっているのだと。

8章

すべてが益に

おわりに

まずはじめに、最後までこの本を読んでくださり心より感謝を申し上げます。

この本のお話をいただいた時に、戸惑いがありながらも、神様からの素敵なお計らいだと受け止める自分がいました。バンド時代に『強い涙―― Prologue ――』を出版して、プロローグのまま時が止まっていました。万座に帰ってきてから、ある方に、「まいみさん、プロローグで終わりじゃなくて、本編、エピローグと続いてよ」と、うれしいお言葉をいただくこともありました。そんな私に、このような形で本当に本編を書くお話をいただき、この上ない幸せであります。

ところどころ、皆様には不快に感じる過去の出来事や、お見苦しい表現にご気分を悪くした方もおられたかもしれません。包み隠さず書いてしまったことをお許しください。

しかし、これが「私」なのです。この本を書き終えた時、二つのことに気づきました。

ひとつはこの本に登場する人物ひとりひとりの深い「愛」を感じました。いかに多くの人の愛によって私の人生があったか……。改めて感謝の思いしかございません。

そしてもうひとつの気づきですが、「母への敬意」です。

「あなたの尊敬する人は誰ですか?」と聞かれたら、これまでは「ミック・ジャガー」と答えていました。実際にバンド時代に、ある番組のオーディションでその質問をされ、「ミック・ジャガーです」と答え、それが理由かはわかりませんが、見事に落ちた経験もございました(笑)。

今の私なら間違いなく「両親です」と即答します。

私の人生において母を超える尊敬すべき人は一生、出会えないだろうと感じています。母のもとに生まれることができたことを、神様に感謝しています。

女将道を究めた母の後を今、歩んでいるからこそ気づくことができました。遅すぎる気づきなのかもしれませんが、今が最善の気づきのタイミングだと思って、少しでも母に近づけるように精進してまいりたいと思っています。

最後に、この本のお話のきっかけをくださり、その後も一度は執筆を諦めかけた時も私を信じ、ずっとサポートし続けてくださった、恵みシャレー軽井沢の支配人の佐川裕明さん、そして、この執筆を自分の作品のように、私の分身のように二人三脚で進めてくださったいのちのことば社編集者の宮田真実子さんに言い尽くせぬほどの感謝をしております。このお二方がいなければ、この本は存在しませんし、大切なことに気づくこともなかったことでしょう。本当にありがとうございました。

今の私はとても元気です！　心も体も……。皆様も健康で、元気でいてくださいね！　皆様の健康を心から願っております。心が疲れてしまったり、元気をなくしてしまったりしたときは、ぜひ、日進館へお越しください。日進館スタッフと、私、女将が心よりお待ちしております。

華咲く心――皆様の心に素敵な華が咲きますよう、祈っております。

He has made everything beautiful in its time.
神のなさることは、すべて時にかなって美しい。（伝道者の書三章一一節）

二〇一八年四月

宮田まいみ

廻り道をしたけれど

2018年6月15日発行

著者／宮田　まいみ

装丁・デザイン／前田タケシ（Strovox 2DA）
写真／石黒ミカコ

発行　いのちのことば社フォレストブックス
〒164-0001　東京都中野区中野2-1- 5
編集　Tel.03-5341-6922
営業　Tel.03-5341-6920
　　　Fax.03-5341-6921

印刷・製本　シナノ印刷株式会社

Printed in Japan

ISBN978-4-264-03916-7